U0009869

麥克的
睡覺小羊

作者：瑪格麗塔‧德爾‧馬佐（Margarita del Mazo）
繪者：谷瑞迪（Guridi）｜譯者：小樹文化編輯部

出　　版：小樹文化股份有限公司
社長：張瑩瑩｜總編輯：蔡麗真｜副總編輯：謝怡文｜責任編輯：謝怡文｜行銷企劃經理：林麗紅
行銷企劃：李映柔｜校對：林昌榮｜封面設計：周家瑤｜內文排版：洪素貞

發　　行：遠足文化事業股份有限公司（讀書共和國出版集團）
地址：231新北市新店區民權路108-2號9樓
電話：(02) 2218-1417｜傳真：(02) 8667-1065
客服專線：0800-221029｜電子信箱：service@bookrep.com.tw
郵撥帳號：19504465遠足文化事業股份有限公司
團體訂購另有優惠，請洽業務部：(02) 2218-1417分機1124

特別聲明：有關本書中的言論內容，不代表本公司／出版集團之立場與意見，
文責由作者自行承擔。

法律顧問：華洋法律事務所 蘇文生律師
出版日期：2023年10月25日初版首刷
ISBN 978-626-7304-22-8（精裝）

小樹文化官網　　　小樹文化讀者回函

麥克的
睡覺小羊

~~zzzzz

瑪格麗塔·德爾·馬佐
Margarita del Mazo 著

谷瑞迪 Guridi 繪

小樹文化
Little Trees

當一隻睡覺小羊很簡單。

每天只要散步、吃草、打盹，還有
幫大家入睡。

每個人都有自己專屬的睡覺小羊。

我們就是麥克的睡覺小羊。

每當麥克睡不著時，就會呼叫我們，

而我們只需要跳過柵欄。

每次都是按照順序跳：

第1隻羊跳完、

第2隻跳、

然後第3隻……

睡覺小羊一隻一隻按順序繼續跳，

直到麥克睡著為止。

當一隻睡覺小羊很簡單，
只要重複其他小羊的動作就好了。
雖然……有時候會遇到一些特殊狀況。

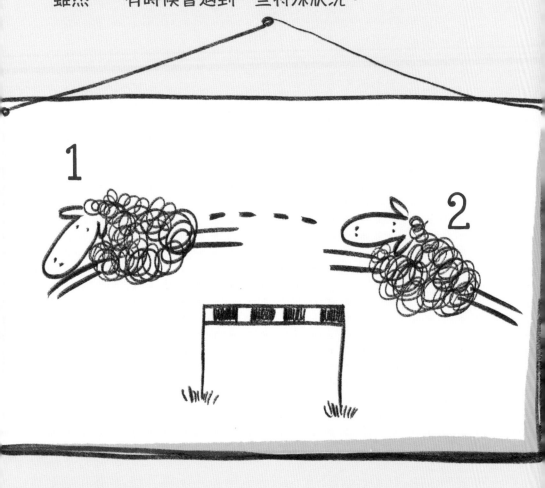

有一天晚上，
麥克像平常一樣呼叫我們。

我們在柵欄前集合，準備一隻接著一隻跳過去。
1隻羊、2隻羊、3隻羊⋯⋯

「4號小羊呢？」5號小羊說。

「這裡！他在這裡！」

最後一隻小羊大喊。

「該你跳了！」所有小羊說。

「我不要！跳柵欄好煩喔！」4號小羊回答。

但是小羊公約上沒寫，遇到這種情況該怎麼辦？

我們驚訝到目瞪口呆，

異口同聲大喊：

「4號小羊不想跳柵欄！」

「可是該你跳了！」大家都很堅持。

「我認真想過了，我就是不要跳！」4號小羊說。

「你想過了!?幹麼想，跳過去就好啦。」

「好煩喔，每次都要做同樣的事情。」

「如果你不跳，麥克就睡不著了！而且，他明天就不會數羊，改數豬了！」

「我不管，我就是不想跳！」

「別鬧了，快跳！」

「聽話！去排隊！」

「你這樣會變成任性小羊！

讓我們睡覺小羊很丟臉！」

「跳！跳！跳！」小羊們叫。

但是4號小羊還是說：

「不要！不要！我不要！」

時鐘滴答滴答走，麥克還是睡不著。

「跳！跳！跳！」小羊們拜託著。

「不要！不要！我不要！」

4號小羊跟山羊一樣頑固，實在拿他沒辦法。

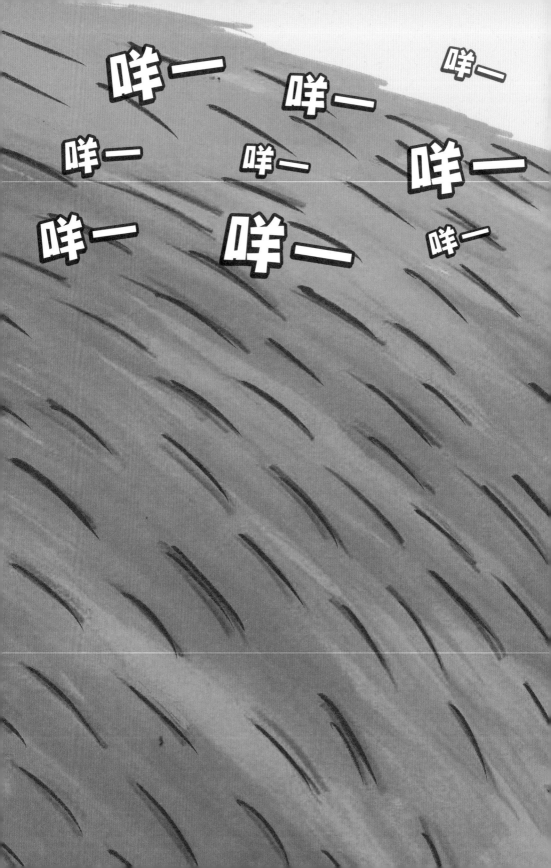

一團混亂中，突然有個郵差闖了進來。

「**4號小羊的急件！**」郵差高喊。

大家不再咩咩叫，全部安靜下來。

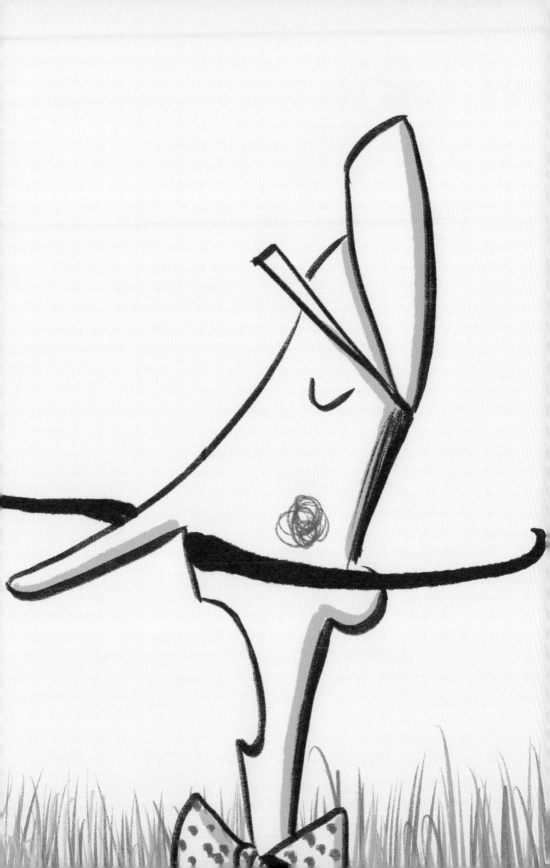

4號小羊打開信來。讀完之後，

他一言不發，毫不猶豫的走向柵欄。

他開始助跑。

1、2、3……

這是一個完美的跳躍！

4號小羊跳得好高、好遠，身影愈來愈小、愈來愈小，
直到變成小小一點，最後消失不見。

這是很久很久以前的事情了。直到現在，我們還是
不知道4號小羊去了哪裡、那封急件到底寫了什麼。
但最棒的是，自從那天晚上以後，
麥克都睡得很好，
再也不需要數羊了。